U0054635

寫在霧裡

劉梅玉 著

變奏的戲言

　　4月6日下午，我收到馬祖女詩人劉梅玉的詩稿《寫在霧裡》，她要我寫序，恰好我即將出國遠行，周遊列國去，會有很長的、四月整整下半個月時間，這份序言要趕，怎麼辦？我邊看邊讀邊想，要如何限時交卷？沒想到我一讀她的詩，居然發現讀她的詩，我是可以變奏的，那我就試著寫她一篇〈變奏的戲言〉；因為她是限時要的，希望在25日之前給她，但我15日就要出國呀！想了一個晚上之後，第二天一早醒來，便決定撥出一個上午，專心為她寫序。於是，我就順著這本詩集的第一首詩〈倒影〉開始讀，也順著每一首詩的後面、寫著我的讀後感，這樣完全不按規矩的寫序，就稱為「變奏的戲言」；沒想到我空出的整個上午，寫得很順，從7:30開始讀，一首一首的讀，讀梅玉的心，讀梅玉的詩，讀梅玉的每一幅攝影作品和畫作，為她的每一首詩寫下幾句話，這就是我稱為的「變奏的序」。

林煥彰

2016.04.07／13:10研究苑

島與島盛產著離別

　　這陣子正在讀朱光潛先生的《詩論》，談到詩的一個基本看法——「詩的境界是情趣和意象的融合。」大家常常在談意象，談情趣則少之又少，至於要達到情趣和意象的融合，又有多少人做到？

　　先談談梅玉，提及梅玉，想到的應該是帶著笑容的臉蛋，長髮披肩一襲長裙，永遠的熱誠和善，談到藝術時，雙眸止不住閃閃發光的模樣。今年度我在馬祖駐島十七天，某日和梅玉在55據點聽露天音樂會，就在鼓聲最高亢時突然雷聲隆隆傾盆大雨，眾人紛紛逃竄，唯梅玉奔逃至半途又冒著閃電和大雨回到露天舞台幫忙搶搬樂器，這是事後我見她全身濕透詢問之下才得知，當下笑稱梅玉果然是如太陽的女子，無私，大愛，是一心善良想到就做全不造作的女子，令我十分欣賞！

　　至於她何時開始寫詩？梅玉說：「我離婚後於2009年才開始動筆寫詩，但是寫得少，一直到2013年才真正開始創作寫詩，也是人生際遇一直找不到出口，結束十七年的婚姻，經濟也面臨困境，離婚後不到三個月，家中發生火災，家和補習班燒為灰燼，事業和家庭都付之一炬，本以為人生已走到盡頭，沒想到寫詩成為人生的出路，讓晦澀的生命有了光源！」即使提到生命中的困境，她依然帶著笑，我心裡想，這女子多麼澄淨無瑕啊，她愛藝術卻也難逃命運的捉弄，這澄淨必是經過許

多深思沉澱之後才有的，這無瑕無異是痛苦之後的堅強投射！

　　梅玉的詩寫得如何呢？這本詩集共五十二首詩，是梅玉搭配自己的攝影作品和油畫作品而寫的詩，試舉梅玉的〈濤聲〉，梅玉這樣寫：

　　　　我讀過許多島嶼
　　　　那裡的人都有著海的耳朵
　　　　裝著鹹鹹的聲音
　　　　生活的口吻
　　　　一律偏鹹

　　　　他們的海湧動在脈搏
　　　　隨著心臟拍打著
　　　　一輩子的海浪

　　　　島與島盛產著離別
　　　　灰藍的思緒
　　　　凹陷成黑色的洞穴
　　　　裡面有島嶼濤聲
　　　　來來回回唱著
　　　　無法永恆的歌曲

　　梅玉長年在馬祖居住，她的詩裡處處是光和影子，潮濕低漥和霉味以及灰暗的天空，生活的描述心靈的知覺無處不在。

這首詩第一段是感官的移動，自視覺到聽覺再至味覺的安排，海島的生活是捕魚、大海和濤聲的結合，日日聽海被誇飾書寫成有海的耳朵，呼吸海的鹹味，遂生活口味一律偏鹹。第二段寫大海如何和生活緊密相連，第三段才進入這首詩的菁華：「島與島盛產著離別」一來說明離島的孤獨，二來說明捕魚人的命運，其實何嘗不是人與人之間必須承受的滋味？「灰藍的思緒／凹陷成黑色的洞穴／裡面有島嶼濤聲／來來回回唱著／無法永恆的歌曲」大海和礁岩的碰撞，又是一種怎樣的因緣聚散呢？

　　梅玉藉詩抒發，詩裡有寂寞有苦悶有孤單有淚水，只是在詩裡一一化成了海和島嶼的各種元素，梅玉的詩信手拈來，不雕琢不為技巧所困，她也不像網路上一些書寫者，時常拼貼他人文字瓢竊他人意象，她忠實書寫，造就了自己獨特的詩，平緩中訴說淡淡的生活和哀愁！

葉莎

2016.7.29桃園龍潭

自序

　　島嶼的霧已經變成一種呼吸模式，在馬祖一年中總有超過四分之一的時間是在霧裡度過，在霧中累積的情感與觀看，慢慢轉變成獨特的潮濕視角，在霧裡寫詩、畫圖或攝影，已成為自己在島上創作的特殊印記，仔細想想創作的開啟與霧真的是密不可分，用起霧的心境來創作，表現明白與未明白之間的話語與圖像，那些確實存在的模糊，易被誤讀的生活表象，總是在清澈的那一刻，才會懂得--看不清也是一種看清，霧的情境與暗喻的文句緊密連結著，轉化成島嶼作品的獨有氣息。

　　在詩集中有六首是收錄三年來為東引詩酒節寫的詩，整理為故鄉寫的心情話語，許多的陳年舊事翻滾而來，其中一首在2014年為東引燈塔寫的詩，讀來心中特有感悟，這座建築矗立在海涯邊已有百來年了，每次走上燈塔那一段路感觸皆不同，許是人生歷練厚實些，同樣景物竟然有了截然不同的詮釋，著實感謝命運賜予我的傷痕與撕裂，從苦澀的土壤中竟也長出幾株撫慰的芬芳。

　　回到東引物是人非的感慨一再向我襲來，像無根浮萍飄零的日子從沒停過，家園的舊時路徑已變得更加迷離神祕。離鄉多年後，時間和空間已醞釀出微醺的美酒，總能輕易的讓我沉醉，我寫下〈東引——北澳〉這首詩，裡面的文字記錄著人生最純粹的記憶，童年是最純真的歌謠，常常在不設防的夢中唱

起，後來我才聽懂，原來鄉愁是這麼深邃的刻在我的心中。

居住在離島的五年級生，童年躲防空洞應該是共有的回憶，我寫這首「有些聲音」，起源於幼年的一個讀書場景，那時的空襲警報聲一響起，就聽到大家慌張的腳步聲往防空洞方向狂奔，躲在幽暗洞穴裡，常聽著人們交頭接耳的討論聲，那些聲音在羸弱的童年投下幽暗的回音，多年後我的耳朵還會響起那些屬於戰爭的聲音。

陳高是馬祖人最熟悉的酒類，我大都在夜間看到它們的身影，喝酒算是島嶼人盛行的饗宴，酒醉也是習常看到的姿態，寫了兩首〈劃線〉、〈關於陳高的說明〉，都是寫給酒的詩文，但是我自己是不喜喝酒，害羞的本性更怕酒後吐出太多的真心話，讓人看穿我脆弱易感的基因，所以我在醉與醒之間畫一條線，不敢輕易的越線，怕溢出的往事讓我的堤防潰不成軍。

離開家園來南竿定居將近二十年，歷經許多的遷移與變異，算來南竿已是第二個故鄉，再次重新整理這些詩作時，心緒是五味雜陳的，鄉愁似遠又近，像是永遠也拼不完整的思念，異鄉漸漸變成另一種故鄉，而原鄉也在記憶裡變得遙遠陌生，新生與頹圮交雜相陳，不連續零碎的畫面似乎才是人生的實相，飄移寄居的生命常態是自己的人生課題，也是因為這樣的情境，寫詩才得以進入我的生命，成為最豐饒的靈魂食糧。

目次

倒影

無論是

哪一種影子

都是針對光的呼喊

投射出微量的自己

在日常的劇場

種下各自的影像

沿著世界生長

然後，複製無數

變形的，灰黑色的我們

在有光的日子

到處存在

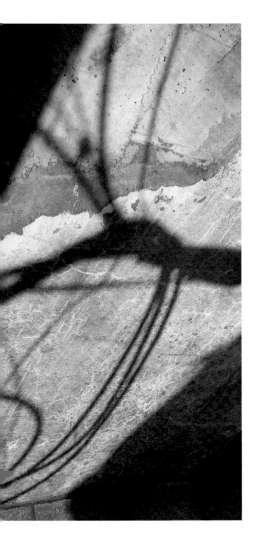

變奏戲言・1

每個字都是琴弦上
跳動的纖纖玉指，挑逗人心
這倒影的確是呼應了光，
換一種說法，它就是愛。

2016.04.07晨

PS：從07:30開始讀，一首
　　一首的讀……讀梅玉的
　　心，讀梅玉的詩，讀梅
　　玉的每一幅攝影和畫
　　作……

燈塔

應該是
第102次的春去秋來
沒有遷移的是
往永恆方向站立的姿態

在廣闊灰色調的世界
堅持白色的自己
為島嶼守著
天堂小小的一隅

開啟
從歲月裡累積的光
照亮了
黯夜迷路的風景
讓意義晦澀的航行
有了明朗的眼睛

變奏戲言・2

航行，一片湛藍

我的心，你的心

白色湛藍；

長長久久，湛藍的白，

永恆的立姿，

守護一座幸福的島嶼

——她叫東引。

2016.04.07/09:50

北澳

一條彎曲小徑
繞著久遠的青春和童年
起點是
爸媽殷切的眼神
背負著安靜的書包
沿著心裡的道路
獨自走向島嶼的城市

幼年天空
那麼純粹的，藍與白
山裡的孩子
沉默是大部分的音符
外面世界的聲響
敲不進單純的耳朵

害羞是僅有姿勢
透明且不溶於人群
易於折斷的訴說
藏在自己的日記本

從北澳到南澳
腳步摩擦時間的表皮
虛設的終點
是無法越過的誤讀

溼透的大量記憶
片段曝晾在生活外面
而剩下濕漉的情節
浸泡在夢境裡面
隨時會讓日子漏水

變奏戲言‧3

北澳南澳，不只距離
幼年童年，不只時間
島嶼城市不斷漂移
無法說清的藍與白，
單純的不單純
折斷訴說，久遠的青春，
纏繞著更久遠的童年……

2016.04.07/09:55

關於陳高的說明

這種酒，熱情微辣
嗆入黑夜
可以點亮黝暗畫布
放縱文字的去向

使用過量
呼吸會自動發酵
憂鬱變甜
打開陌生的自己
用翅膀行走

45℃的溫度
恰好是靈魂的沸點
於是
局部的我們蒸發
一切都輕盈了起來

變奏戲言 · 4

局部蒸發，全部蒸發，
不只給熱情，也給憂鬱，
不只黑夜，也給白天
45℃的陳高呀！
藏在靈魂的地窖，
我的沸點，你的沸點
一起昇高……

2016.04.07/10:05

劃線

在醉與醒之間
劃一條線
我不敢
隨意地越界
怕杯中溢出的夢境
泛濫成災

更怕
煦暖的液體
將逐漸冰涼的昨日
輕易點燃
於是
我認真地守著
這條模糊易斷的線

變奏戲言・5

一條一條的畫，
我畫過我綠色心田；
夢境從杯中溢出，
煦暖的液體無形
在醉與醒之間，
一條一條畫過
我受傷的心田……

2016.04.07/12:50

寄給東引的一封心情

酌一杯遙遠的家園
過量思念讓人醉的突然
鄉愁微醺
搖擺的腳步
在回憶甬道蹣跚走著

青澀笑靨
從溜滑梯陸續溜走
而一起裁剪
那些年輕的秋天
閒置在擁擠備忘錄裡
隨著往事泛黃

許多真摯溫暖的邊緣
逐日失去輪廓
在午後小徑探尋
無法再次
叩問記憶的去向
以及故鄉衰老的地圖

變奏戲言・6

微醺鄉愁，該要幾分？
我搖搖擺擺的腳步，
才剛走出回憶的甬道，
它就走入擁擠的備忘錄裡，
撿回一片傻笑！

2016.04.07/10:20

有些聲音

空襲警報
在童年的防空洞
響起

慌張的腳步聲
急忙奔向焦慮的洞口
夜裡
長繭的回憶
總摻著一些鐵鏽的雜音

三十年前的耳朵
還聽見
摺好的故鄉

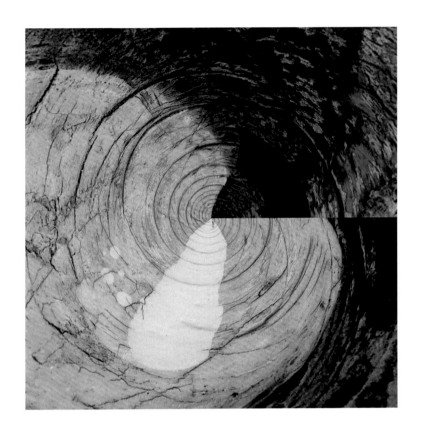

變奏戲言 · 7

摺好，便於帶走，

天涯海角；

警報聲響的童年，比現在無知

無知的是世故，

慌慌張張還要走回童年，

多久的以前的童年……

2016.04.07/12:50

之外的日子

晾掛在日子外面的溼漉

任時間隨意曝曬

未風乾

潮濕邊角

摩挲著秋日的文字

靜默受潮的

回音

緩慢滴落在

書頁的低窪處

變奏戲言 · 8

潮潮濕濕，再回來過
也是潮潮濕濕……
黏黏膩膩，膩膩黏黏，
之外的之外的日子，
都在一起吧！

2016.04.07晨

水泥色書寫

從水泥中伸出的脖子
仰望著
日漸灰暗的天空
曾有幾支快速的文明飛過
只留下貪婪翅翼

我們投射太多的真誠
對虛假的存在
剩下的多情
藏入不完整的胸懷

易於腐敗的書寫
深刻地
寫進世界的知覺
我們用紙張糊起的深邃
築了高高的字
在世間飄飄欲墜

變奏戲言・9

整個世界的知覺也未必——
知覺我們的知覺,
那易於腐敗的,不只書寫
也包括我們不曾查覺的
時間歲月,重重疊疊……

2016.04.07晨

陰天裡的空白

沒有文字掠過的陰天
依然安好
世界適合廢棄片刻
無需過多的解釋

借來的房間
住著偶而空白的自己
扁平的思緒
將過往攤成平原
暫時不灑任何的意念

往事低低的趴成
荒涼的模樣
沒有文字掠過的陰天
依然安好

變奏戲言·10

荒涼的模樣，讓眼眶

思念泉湧；不灑任何意念的

安好依然

不會空白：扁平的思緒呀

借來片刻即永恆的寧靜……

2016.04.07晨

刮痕的聲音

痕跡寫下故事
鐫刻在流光的書頁裡
粗糙地刮出
心情的警戒線

廢棄牆垣
低吟往事的樂章
寂寥的聲音
鏽蝕時間

收集每一道刮痕
在自己聲線上
沙啞地唱著
整個宇宙的過往

變奏戲言‧11

時間鏽蝕，寂寥無聲；

無聲無息的時間，

在我心版上刮出

一道道再也無法平靜的

波浪；藍藍的

遠方的孤舟，遠方的海……

2016.04.07晨

時間塗鴉

畫幾筆心中的問號

在公開場所

請時間來解答

線條任性地

爬亂思緒的牆

愛塗鴉的筆

總將渴望東畫西畫

有些圖案過於自由

跑出框框外

讓人無法辨識

問句的真正表情

變奏戲言 · 12

心中的問號，心中知道

或不知道；我知道

叉叉圓圈，圓圈叉叉，

不叉不圓，每一筆每一劃

都是刀傷的，刀刮的；

更多的，看不見的

都是情殤！

2016.04.07晨

單數的早晨

車子陸續輾過
黎明的背脊
兩三盞未熄滅的路燈
將濕漉清晨撐起

濃濁九月
混著黑咖啡
緩緩流進逆光的夢裡

被遺忘點名的場所
無緣由地
在記憶底層不斷膨脹

我的影子和自己
輕聲地
攪拌著蓬鬆的早晨

變奏戲言・13

記憶底層的黑咖啡，
我的影子和我的影子，
還有影子和它的影子，
我們都重疊在一起；
其實，我們是龜裂的
不僅是大地，大海也是
不斷重疊，不斷龜裂……

2016.04.07晨

雨中事故

一場疾雨

在夏夜大面積地流浪

有些擱淺的詩

藏於黝暗意志，被稀釋

淡淡地

流進世界的下水道

某部分的靈魂

失去了味道

無目地的水流

寫在窗上

更加潮濕的預言

溼濕，日常

銀灰金屬般乾澀文字

逐漸柔潤易讀

龐大雨季

落進水泥的心胸

點點滴滴

穿透

城裡不透明的人群

變奏戲言・14

潮濕的預言一再重複

重複的是，我們無法預言；

預演我們的未來，

再演我們的過去，

又演我們的現在；現在呀

此刻，從前

希望有美好的未來……

2016.04.07晨

給
L

我們有時促膝長談
爬梳凌亂的世事分岔
明日天候的流向

計算著過往和掌紋
所有的相關係數
在相似場景
歸納不熟悉的解讀

閒暇的零碎日子
一起收拾著
更準確的碎片
在剩餘不多的抽屜裡

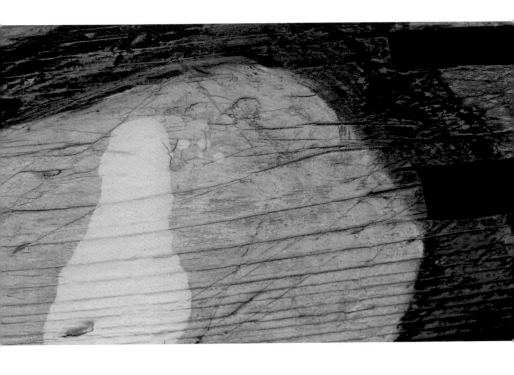

變奏戲言・15

每一個記憶的抽屜，

都是空的；我翻找過

我們凌亂的扒梳

石問大地，實問虛答

無從解讀的，生生世世

日子拼湊日子……

2016.04.07晨

霧記

其實，我們都擁有一些
完整的模糊
在回憶的根部

蒙上塵埃的場景
逐漸地灰暗
然後變成深淵
無法擦拭

不透明的眼睛
觀望著錯結的人間
難以穿透的訴說
易被霧解的符號
寫在生活
隘窄而真實

霧狀凝視
流過意念的動脈
矇矓零碎的聚集風景
清澈、悟解了一切

變奏戲言・16

眼睛不透明的被誤解，

霧解的模糊，才是真實啊！

這幅心中的故土

悟解了流逝的意念，

完整也是模糊……

2016.04.07晨

那時候的事

那個時候

你們正在閱讀世界的分叉

沒有發現

有人故意把段落寫錯

悄悄地

丟進無力刪改的昨日

老舊缺頁的課本

變得更加凌亂

有些先知

推演著

各種未來的姿勢

預言長成龐大的茫然

戒備的書頁

夾在虛弱的歷史裡

剩下一堆會錯意的解釋

慢慢攀爬至

整個世界的脈搏上

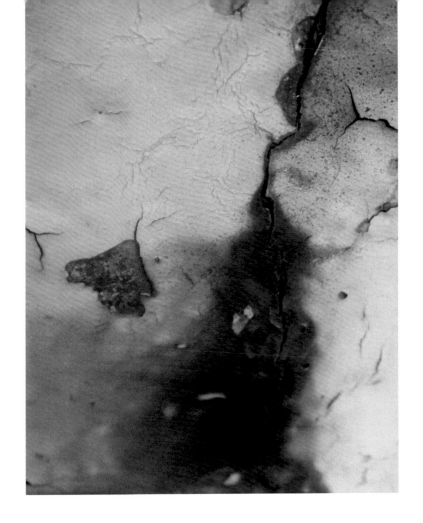

變奏戲言・17

先知未知，故意錯讀，

錯讀的人生呀！

我不知不解，半知半解

無力刪改錯落的人生，

老舊缺頁，仍然夜夜要讀……

2016.04.07晨

時間・折射

剝落的戰地邊角
一片片
鑲嵌於零落書冊
發皺的村落
沉默在文明喧囂中

褪了歲月的船隻
在日子裡搖晃
倒映眼睫的風月
只剩噓唏聲響

泛黃的等待
長成茶色的纖維
摻夾在微弱相片裡
刮傷剩下的風景

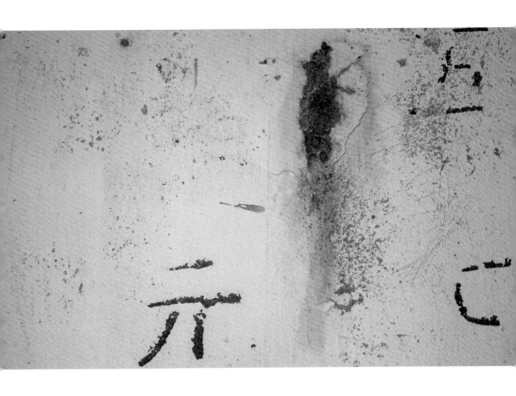

變奏戲言・18

噓唏無聲，勝有聲；
發皺的不只戰地邊角村落
我的邊角，心中的村落
搖晃倒影，有誰走過
我走過，等待泛黃一起走過……

2016.04.07晨

濕氣太重的巧合

時間有一點凹陷

陣雨之後

來不及擰乾季節

濃稠的霧氣

把語句沾得黏答答

記事本的濕疹

讓句子搔癢不已

不小心看錯的心情

十分正確地寄給了你

變奏戲言・19

撐不乾的季節

365天，濃濃稠稠

十分正確的

你讀懂了我

心中的濕氣太重！

2016.04.07晨

撿到的自己

是一段剛醒來的語句

戳破生活的格子

許多謬誤

從日常的口袋中

掉了出來

趁著

夜裡無人聞問

我趕緊撿拾

掉了一地的自己

變奏戲言・20

醒來的語句，跳著格子
我們的童年最擅長的
一種遊戲；如果可以，
就讓遊戲一直幫助我們，
找回童年，失落的自己……

2016.04.07晨

傍晚六點零五分的筆記

倒三角形的颶風
吹斷水泥文明的夜燈
下墜的黑炫密碼
在雨渦中翻轉

頑強脆弱
滑過預言的邊緣
在真實生活中
隨機地演出

無法治癒的土地
闇啞無聲
多餘的吶喊
在人群中推擠
流動、淹沒或蒸發

變奏戲言・21

颶風三角，密碼玄黑

多餘的吶喊，我們無聲吶喊過

可憐的人啊！

有誰聽你聽我，

黑夜無聲，黑夜過後

大地闇啞無聲……

2016.04.07晨

夜裡的畫筆

冰藍滲入夜的纖維
油彩抹著
徐徐分裂的思緒
夢境薄薄的
難以上色

無人臆測的筆觸
塗著逐日衰老的風景
細微線條
在生活表面遊走
漂泊的色塊
流光裡面變了容顏

筆的兩端
華麗又荒蕪
在畫紙上
輕聲地刨著深夜

變奏戲言・22

薄薄的夢境，在夢裡的

第幾層？

刨著刨著，深夜裡的冰藍

思緒分裂，我的你的

冰藍的思緒仍在

薄薄的夢境……

2016.04.07晨

說話練習曲

有些耳語沒有封好

隨意搖晃

祕密就流瀉四處

我們練習

對著空洞面孔說話

從心靈深處

習慣與世界對談

用自己的姿勢

不用解釋

明天的哲學

從哪一邊升起

變奏戲言・23

未加封的耳語

在心靈深處，與自己對話

我習慣，不用解釋

繼續說著耳語，無聲的

與自己對話；最了解自己。

2016.04.07/09:35

12°C叢林

月光斜躺在樹梢

12°C的紋路

勾著黑夜

靜默地織著

交纏難解的祕境

謎底交互堆疊

故事線條

如預期般糾結

世間終究雲霧難散

我漠然等著

蟄伏於叢林未知邊境

有顆新生種子

從寒冷渾雜的泥濘

長成一株

清澈透明的宇宙

變奏戲言・24

12°C的冷，是一種
清醒。醒在
有顆新生的種子要抽芽；
我也醒在，有故事的線條
流動，透明，暢然……

2016.04.07/09:40

垂掛

近日的疲軟

夾在生活的線上

下垂的面容

向苔綠的角度

傾斜而去

日子細長的掛著

午后的涼風

有時也會

把多出的重量

吹往

輕飄飄的那個方向

變奏戲言・25

哪個方向都好，

只要有個方向，我都願意

靠著你，依偎在一起；

日子是重複的嗎？

長長垂掛，希望是快樂的

我們緊緊依靠。

2016.04.07.09:45

給萊韋倫茲——斯德哥爾摩的森林公墓設計者

你堅持那是最後風景

靜靜仰望

排列整齊的虛空

凋謝的呼吸

無聲無息地落在

斯德哥爾摩森林上

用上一世的靜默

喧囂這一世

永恆沉寂

是先行者留下的最終問句

剩下的蒼穹

留予未知

生與死之面容

只能望成

寂靜無語的天涯

變奏戲言・26

最終的問句，在哪兒

我問天空，問我張望的眼神，

在天上寫著烏雲，

在枯枝上，寫著

無語的一生，在斯德哥爾摩的

森林裡……

2016.04.07/10:10

另一種我們

大部分真實
幾乎都種植在想像裡
一邊生長一邊漂浮
不時會忘記
澆灌生活所需

在過度彎曲的物種圈
奮力地長成直線
養著幾片天空
在私有的池塘裡

在現實的園地
刻意栽植超現實
常常修剪
生活的變形與分岔

隨機的收拾
剝落刮傷的日常
堆積在
無常與規律俱生之地

變奏戲言・27

真實，不真實

一邊生長，一邊漂浮⋯⋯

私有的心地，私有的池塘，

不超現實，也刻意現實，

我們刮傷的日常，

常常無常⋯⋯

2016.04.07/10:15

那頁

翻到老舊北風這一頁

冷冽回憶

吹皺了童年的月亮

石頭屋的背脊

被時光啃蝕殆盡

澄澈的歡樂聲

消失在巷弄轉角

書頁上的年輪

圍著多痕的自己

昨日持續碎化

就選在此頁

在日益朽壞的章節

劃上句號

變奏戲言‧28

轉角再轉角,再多的轉角的

巷弄,的昨日

圍繞自己的心事;年輪

一圈圈,凝固在

石屋的背景,刻傷童年的記憶!

2016.04.07/10:25

靜坐手冊

首先
忘記時間的編號
再接著
將酸甜苦辣的生活
熬成真空的味道

坐在最靜的心裡
聆聽世間聲響
就可得到空無的回音

變奏戲言・29

最靜的心裡，

什麼都聽到；

我喜歡聆聽，世間空無的

回音，陣陣在心裡

酸甜苦辣的回盪……

2016.04.07/10:45

飄零

白綠色的管芒花

搖曳在

遊子們無數山坡上

搖落了

童年種籽

搖落了

收藏好的天空

隨風飄零的九節芒

何時

才會搖落

最後的那塊鄉愁

變奏戲言・30

一節兩節，五節九節，
秋天的芒花，它們都懂
我的心；我也懂它們
空茫的搖曳，節節搖曳
我單純的心，還是塊
不變的鄉愁。

2016.04.07/10:50

深海的部分

是一座意識的深海
讓我斂了翅翼
收攏羽毛捲曲著
微濕的意念

危險的心情時常漲潮
必須遺忘的海
總是在回憶的岸
洶湧襲來

許久之後
當往事老舊成幾縷輕煙
才能展翅
再巡
部分記憶的海域

變奏戲言・31

欲了翅翼，再展翼翅
鄉愁還是起飛，仍然會落在
最茫然的遠方的薄霧裡，
細數回家不曾抵達的遠方，
海的深處……

2016.04.07/10:45

被傘打開的情節

雨季冗長
一切的濕意包圍著傘邊
被打開的局部晴朗
溫暖且寧靜
隱約守著需要的界線

不同頻率的雨聲
敲擊著心事的鍵盤
未被收錄進世界的聲音
正在季節裡演唱

沉浸於滴落的樂音
導致遺失許多傘的身影
被圓形切開的情節
也隨之淡忘

變奏戲言·32

樂音滴落，傘的影子圓形

不圓的雨絲，沿著圓圓的傘

滴落；不滴落的心雨，

環繞打開的傘，

局部晴朗，多少陰晴

撐開，又收攏

濕答答的心情……

2016.04.07/11:00

關於天空的算法

已經忘了
是第幾次的天空
我時常尋找相似的雲朵
忽略其他的過去

對天空的正面與反面
有太多的猜測
不斷消蝕的天際線
讓前方顯得更遠

這老邁而多慮的世界
總是警醒且多餘地
裁切、計算
那永恆飄移的數目

變奏戲言・33

不可遺忘的，都遺忘了
正面反面，過去了
或正在過去；我的昨是今非
今非昨是的昨日，
細細裁切，計算
我得用多少數字，寫在天空？

2016.04.07/11:05

瘖啞

因為乾旱的基因
註定瘖啞的水龍頭
無法淋濕
我們各自的渴望
也無法
向街道的心裡流去

變奏戲言・34

因為註定，因為無法

因為更多的因為，

都是乾旱的基因；

我不會錯怪你

我們都渴望，一起流向

乾涸街道的心裡……

2016.04.07/11:10

突然下雨

空氣乾澀
寫了一半的日常
像衰老的玻璃
輕觸即碎化

關於所有
語言外部的揣測
龐大又瑣碎

當我們開始記錄
乾燥的心情
這季節，突來的雨
把乾渴的細節都淋濕了

變奏戲言・35

關於細節,我們都故意

忽略;關於所有,

其實都不曾有過,

我們就這樣,安於貧窮

一無所有,即所有一無

卻一一記錄,那些陳舊的心事

2016.04.07.11:15

之後

這裡的笑聲傾斜

我們踩著下降的梯子

向上攀爬

偶而清澈的眼眸

跟著世界

淹沒於暗流

驚懼筆桿凋落在

冷漠的土壤上

怯懦而貪婪的夜色

粗魯地

竄入歷史的正面

變奏戲言・36

傾斜的笑聲，再傾斜

就一一倒入

我們下降的記憶的梯子裡，

再冷，再粗魯

都是我們珍藏的真情。

2016.04.07/11:20

老婦

她用蹣跚的黃昏
掃著街道
彎瘓的心事
掛在孤寂的菜園

她也想用豐盛的愛
澆灌兒孫的淡漠
而等待的時間
只是坐著
對著荒蕪門檻
摺疊單薄的四季

割下身軀的病痛
期望變得更加枯瘦
乾涸的尊嚴
流不出
一滴濕潤的餘生

棉絮般的晚年
被北風無心吹著
須臾間
消失在冷清的街上

變奏戲言・37

掃著掃著，再蹣跚的步履
也得將彎瘛的心事，
委屈給孤寂的菜圃，
種下一根蔥一根蒜，
將四季順序摺疊；
獨坐荒涼的門檻……

2016.04.07/11:25

一起的午後

全然青澀的長桌
在城市沙礫中
通透天空曾經來過
只留下凹陷的
一大片空洞

沒有約好的午後
坐成一排時光
漫不經心地
交換彼此
略微粗糙的倒影

變奏戲言・38

環光設限，曾經來過

天空，倒影

我們乖乖被圈在其中，

沒有約好的午後，

漫不經心，交心談心……

2016.04.07/11:30

落單的海

繩索繞著黎明
思緒的海
只有空盪的遼闊
勾在
航行的桅杆

累積的地圖
劃著更多世界
旅行太久的行囊
只想啟程
返回自己的海洋

變奏戲言・39

海有幾個海，

心中的海，都是海；

人人都有一個自己的海。

旅行，繞著自己走

自己帶著一個自己的海，

啟程，回程

永遠都在。

2016.04.07/12:00

粉紅色房子

蓋在稚嫩的土地上
用微甜的牆垣
無邊的星空
那麼堅固的家園
沒有隨著日子茁壯

稚拙且粉紅的房子
無預警地縮小
在追憶軌道上倒退
退進越來越稀少的夢裡

飄忽的屋瓦
是時間之河上漂浮的
童年拼圖
過於零碎的甜美

變奏戲言・40

我瞭望的星空，
用微甜的眼神，瞭望
我縮小，縮小我的
越來越近的夢，
是一直倒退的昨日，
無預警的縮小，我的縮小

2016.04.07/12:05

零碎的到達

遺失了
部分的地圖
模糊的目的地
有種冰涼的陌生

心境泥濘
疲倦的足跡滲水
風景長期污漬
找無處所可供洗滌

失速的時間
劃破膨脹的信任
從缺口中
流出的疑慮
準確地
抵達下一站

變奏戲言・41

在抵達之前，我的心境

是滲水泥濘的；

疲憊的足跡，無處可供洗滌，

我渴望抵達

遺失的地圖；它標示著

我被遺忘的血滴……

2016.04.07/12:15

纖細

那些被燃起的觸角

爬行在暗闇書房

敏捷避開

過亮的書頁

孿生字句

在真正的時間

找到起霧的形容詞

含糊地修飾著

無法定位的名詞

變奏戲言・42

大多的字句無法定位，
包括心中的心語，
無從修飾；愛是起霧的
形容詞，孿生的字句
寓意更多更深。

2016.04.07/12:20

拼接不連續事件

飛鳥帶走自己的天空
為了與遠方
交換某種溫度

一些窗戶生出羽毛
長成妄想的顏色
不斷窺伺
飛行的途徑

夢裡發生事故
不被批准的念頭
試圖在黎明前
闖入生活

變奏戲言・43

連續的，不連續的
飛鳥帶走……
我自己飛入天空；
飛行是愉悅的，
我在黎明之前，
飛回霧裡。

2016.04.07/12:25

有點新的從前

穿著不同款式的語句
在人群穿梭
有時流利有時阻塞
但大多時候
容易變形在沉默裡

獨自藏著
許多尖銳的述說
在日益鈍化的文字裡
顆粒狀的冷漠反覆增生
時常磨破
許多緘默的從前
於是記憶逐漸變得鮮嫩

變奏戲言・44

從前的從前，有點新

變形沉默，

穿著不同款式的心語，

你懂我懂，

其實未必都懂；

不懂的，依樣是一種懂

雪白的陌生

溫度下滑

直至預言的底線

陌生的季節

改變世界的面容

黃綠披著雪白

舖蓋著熟悉的皮囊

結冰的色彩

來自新生的地球

雪雪的

塗刷著遊客的笑靨

變奏戲言・45

下滑的，不只是溫度

還有雪白等等顏色；

黃的綠的，紅的在哪裡？

熟悉又陌生，我常常問我自己

預言的底線呢？

陌生的雪白……

2016.04.07/12:35

痙癒

雜物充斥的記憶裡
一幅擱置許久的結梗
在痙癒的畫筆下
重新開花

謹慎的張開
剩餘不多的花葉
在貧瘠飄散的畫布
費力地搖晃
泥巴色的永恆

變奏戲言 · 46

花葉剩餘不多，
正因為不多，我們才是所有；
所有和所無，
我常常都擁有，同時都沒有
花開花落，照樣花開花落。

2016.04.07/12:40

飛過黃昏的罌粟花

那裡有歐姬芙的罌粟
在乾燥的荒漠裡，獨自
開成一朵黑紅、巨大的等待

遠處島嶼的翅膀
經歷了漫長的天空
疲憊的羽毛
終於飛進古老的畫面

羽翼劃過哲思的紋路
留了幾筆
偏向黃昏的筆觸
剩餘的情感
漸次往沙漠領域傾倒

變奏戲言 · 47

歐姬芙的美，罌粟知道
不知道的是我，不知道的
黑與紅
島嶼起飛了，翅膀藏在海裡
那是屬於我的古老的孤獨，
在罌粟的花田裡⋯⋯

2016.04.07/12:45

魚夢2015

一隻夢游過魚的心事
帶著純粹的海洋
在思緒裡漾出幾層白浪
迴盪在心裡的岸

發亮的麟片閃閃
幽微的光源
在彼此的港灣裡
忽明忽滅

細小身軀嘗試著
向最深的夢裡划去
讓擱淺的旅途
逐漸有了深邃的航線

變奏戲言・48

夢的魚一隻隻，

魚的夢一隻隻；

牠們游來游去，游去游來

都沒游過我心裡，

純粹的海洋呀海洋，

在我心裡漾出如夢的白浪

一隻隻一隻隻一隻隻……

2016.04.15/01:58研究苑

濤聲

我讀過許多島嶼
那裡的人都有著海的耳朵
裝著鹹鹹的聲音
生活的口吻
一律偏鹹

他們的海湧動在脈搏
隨著心臟拍打著
一輩子的海浪

島與島盛產著離別
灰藍的思緒
凹陷成黑色的洞穴
裡面有島嶼濤聲
來來回回唱著
無法永恆的歌曲

變奏戲言・49

濤聲來回傳唱，
我已習慣它的鹹味；
早餐晚餐又隔夜的，
春夏秋冬又年年的，
離別在島與島之間，不是練習
是上一代和下一代的傳承。

2016.08.03/05:18研究苑

坑道

向盲目的時代挖掘
終於有了深邃的路徑
通往戰爭的字眼
寫了一條條的坑道

用隱匿的心情
鑿一道永恆的夜晚
那裡的黑暗摻雜著光
在陰涼路途亮著

我們懷著各別的傷痕
在這裡臆測著
陰暗的掠奪
憑弔在無明爭戰裡
死去的許多故事

變奏戲言・50

在戰爭的年代砲聲隆隆，
我們喜歡耳聾外加耳塞；
死亡那傢伙往往比傷殘來得親切，
要我們鑿一道道花崗岩坑道，
在陰涼的路上，學會沉默
永遠是夢裡勞動的遊戲！

2016.08.03/07:02研究苑

童年的獸

那片荒原的獸來自童年
在海風疾急的心裡
無預警的奔馳

我們曝晒些許的皮毛
抵禦溼冷的情節
久藏的爪子
抓破自己的邊界

試圖圈養的獸
總是輕易逃出記憶圍欄
竄進今日的縫隙裡

戲言・51

我們習慣一樣愛玩，童年
依樣是那些老掉牙的情節；
男生女生，懂什麼曝晒的皮毛
用愛抵禦現實溼冷的捉迷藏，
海風疾急在心的胸口，那片荒原
來自童年的那匹獸，
依樣奔馳，依樣毫無預警……

2016.08.03/07:33研究苑

出
口

我們有些鐵的思緒
試著匍匐在
集體龐大的貪婪下
背著少數的信仰
逆向而行

塗抹去繁華的蔓生
逐漸有了單調的觸覺
不再對世界的雜質敏感
曾有的尖銳觸角
怠於向外伸展

安靜的相信
單薄且固執的尋著
一條窄小，可能存在的
清澈出口

變奏戲言・52

可能存在或不可能存在的，
都存在；那條狹狹窄窄小小的
清澈的夢的出口的，
沒有編號也忘了編號；
我們都一直固執的認為它是
存在的。我沒有放棄的
尋找著……

2016.08.03/07:47研究苑

讀詩人97　PG1685

 寫在霧裡

作　　者	劉梅玉
責任編輯	盧羿珊
圖文排版	周政緯
封面設計	葉力安

出版策劃	釀出版
製作發行	秀威資訊科技股份有限公司
	114 台北市內湖區瑞光路76巷65號1樓
	電話：+886-2-2796-3638　傳真：+886-2-2796-1377
	服務信箱：service@showwe.com.tw
	http://www.showwe.com.tw
郵政劃撥	19563868　戶名：秀威資訊科技股份有限公司
展售門市	國家書店【松江門市】
	104 台北市中山區松江路209號1樓
	電話：+886-2-2518-0207　傳真：+886-2-2518-0778
網路訂購	秀威網路書店：http://www.bodbooks.com.tw
	國家網路書店：http://www.govbooks.com.tw
法律顧問	毛國樑　律師
總 經 銷	聯合發行股份有限公司
	231新北市新店區寶橋路235巷6弄6號4F
	電話：+886-2-2917-8022　傳真：+886-2-2915-6275

出版日期	2016年11月　BOD一版
定　　價	250元

國家圖書館出版品預行編目

寫在霧裡 / 劉梅玉著. -- 一版. -- 臺北市 : 釀出
版, 2016.11
　　面 ；　公分. -- (讀詩人 ; 97)
　　BOD版
　　ISBN 978-986-445-155-5(平裝)

851.486　　　　　　　　　　105017987

讀者回函卡

感謝您購買本書，為提升服務品質，請填妥以下資料，將讀者回函卡直接寄
回或傳真本公司，收到您的寶貴意見後，我們會收藏記錄及檢討，謝謝！
如您需要了解本公司最新出版書目、購書優惠或企劃活動，歡迎您上網查詢
或下載相關資料：http:// www.showwe.com.tw

您購買的書名：_____

出生日期：_____年_____月_____日

學歷：□高中 (含) 以下　　□大專　　□研究所 (含) 以上

職業：□製造業　□金融業　□資訊業　□軍警　□傳播業　□自由業
　　　□服務業　□公務員　□教職　　□學生　□家管　　□其它_____

購書地點：□網路書店　□實體書店　□書展　□郵購　□贈閱　□其他

您從何得知本書的消息？

　　□網路書店　□實體書店　□網路搜尋　□電子報　□書訊　□雜誌

　　□傳播媒體　□親友推薦　□網站推薦　□部落格　□其他_____

您對本書的評價：(請填代號　1.非常滿意　2.滿意　3.尚可　4.再改進)

　　封面設計____　版面編排____　內容____　文／譯筆____　價格____

讀完書後您覺得：

　　□很有收穫　□有收穫　□收穫不多　□沒收穫

對我們的建議：_____

_____

_____

_____

11466
台北市內湖區瑞光路 76 巷 65 號 1 樓

秀威資訊科技股份有限公司　　　收

BOD 數位出版事業部

....

（請沿線對折寄回，謝謝！）

姓　　名：＿＿＿＿＿＿＿＿　年齡：＿＿＿＿　性別：□女　□男

郵遞區號：□□□□□

地　　址：＿＿＿＿＿＿＿＿＿＿＿＿＿＿＿＿＿＿＿＿＿＿＿

聯絡電話：(日)＿＿＿＿＿＿＿＿＿(夜)＿＿＿＿＿＿＿＿＿＿

E-mail：＿＿＿＿＿＿＿＿＿＿＿＿＿＿＿＿＿＿＿＿＿＿＿